NEUF CHÂNTS,

Par P. BARTHELEMY,

DE NANCY

LA GLOIRE NATIONALE.

PUISSANCE DE LA MUSIQUE

LE CHANT DES JEUNES AVEUGLES.

LE CHANT DE L'APPRENTI

SOIS INDULGENT.

LE CHANT DU SAPEUR-POMPIER.

LE CHŒUR DES ENFANTS.

LE CHANT DE L INSTITUTEUR

LE ZOUAVE.

NEUF CHANTS,

Par P. BARTHELEMY.

LA GLOIRE NATIONALE.

CHANT PATRIOTIQUE

France, je veux chanter ta gloire,
D'autres l'ont fait avec bonheur,
Mais quand je relis ton histoire,
Et que partout je vois l honneur
Diriger ta noble bannière,
A tous tes guerriers triomphants
Je dis avec orgueil Enfants,
De vous la France est toujours fière !

Ah ! je tremble de mon audace,
Car pour un si beau sujet
Il faut la muse d un Horace,
Ou d'un Homère le secret.
Ne suis-je pas trop temeraire ?
Mais, sous mes efforts ecrase,
Je veux, athlete terrasse,
Chanter la France toujours fière !

Bouvines, c'est toi qui commences
La chaîne de tous nos exploits,
Pres de tes murs cent mille lances
Viennent se briser a la fois
Othon, et toi Jean, traitre frere,
Voyez vos doubles legions
Fuyant devant nos bataillons,
Devant la France toujours fière !

1860

Plus tard l'Anglais sur nos contrees
Dominait en maitre insolent,
Le Louvre portait les livrees
D un vainqueur au sceptre accablant,
Une femme, o ciel tutelaire !
Apparait le glaive a la main,
Jeanne, gloire du sol lorrain,
De toi la France est toujours fiere !

Henri, pour sauver sa couronne
Qu'environnaient mille dangers,
Que lui disputaient la Sorbonne
Et le canon des etrangers,
Criait, plein d'une ardeur guerriere
A moi ! voila les ennemis !
En avant ! sauvons le pays !
De nous la France sera fiere

Nouveaux dangers, nouvelle gloire
Anglais, Autrichiens, Hollandais,
Vous rappelez a ma memoire
Un de nos plus glorieux faits
Je vois notre illustre banniere
Flotter aux champs de Fontenoi,
Sortir de ce brillant tournoi
Toujours victorieuse et fiere !

Pendant nos luttes intestines,
L'Europe entiere avait jure
D'ensevelir sous des ruines
De la France le sol sacre
Mais, a la voix de notre mere,
Oubliant nos sanglants debats,
Joyeux, nous volons aux combats,
Et de nous la France fut fiere !

Alors pour venger nos offenses
Et pour illustrer nos drapeaux,
Jeune artilleur, c'est toi qui lances
Le boulet qui te fit heros
Sans jamais regarder derriere,
Soldats qui promeniez son char
A l'ombre de votre etendard,
De vous toute la France est fiere !

Dieu ! quelle cou se triomphale !
Sur Eylau, Wagram et Friedland,
Sonne sa marche imperiale ,
Timbre de l eternel cadran !
Qui peut eclipser ta lumiere,
O brillant soleil d'Austerlitz !
Regarde avec oi gueil tes fils,
O France ! et d'eux sois toujours fiere !

Mais quoi ! sur ce champ de bataille
De vieux soldats pressent leurs rangs,
Faisceau d'airain, sous la mitraille
Ils vont tomber tous expirants
On dit qu'a cette heui e derniere
Trois fois a repete l echo
Gloire a vous, fils de Waterloo !
De vous combien la France est fiere !

Quelle merveille a chaque page
Vient briller a mon œil ravi !
C est le Francais sur cette plage
Qui dompte l'Arabe asservi,
Et recule notre frontiere
Vieux soldats du sol africain
Guerriers aux poitrines d'airain,
De vos lauriers la France est fiere !

Longtemps notre vaillante epee
Se reposa dans le fourreau
Lorsqu'une immortelle epopee
La fit i esplendir de nouveau
De l'oubli secouant la poussiere,
L'aigle, dans un rapide vol,
Va foudroyer Sebastopol
Et sur le Po i epai ait fiere

O vous, plaines de l Italie,
Longtemps de vos mille voix
Vous redirez ce qu on publie
De nos prodigieux exploits !
Ah ! qu il ait un regne prospere
Le prince qui vous racheta
Pai Solfei ino , Magenta !
De l'Empei eur la France est fiere !

France, n as-tu que tes conquetes
Et la valeur de tes guerriers ?
Paraissez, artistes, poetes,
Savants, agitez vos lauriers !
O ciel ! quel foyer de lumiere !
Hommes illustres, sur vos fronts
Que d'eclat, que de beaux fleurons !
De vos talents la France est fiere !

Et toi qui du sein de la tombe
Qu'illumine ton noble front,
Entendis l'eclat de la bombe
Qui d'un traite tua l affront,
Heros, souleve ta paupiere,
Surgis de ton pesant cercueil,
Promene un regard plein d orgueil
Sur ta France toujours plus fiere !

Puisse ta gloire, o ma patrie,
Sans tache reluire a jamais !
Que ta splendeur et ton genie
Partout enfantent le progres !
Heritiers d un beau caractere,
Pour toi connaissant notre amour,
Nos enfants diront a leur tour
De nous aussi la France est fiere !

PUISSANCE DE LA MUSIQUE.

CHANT DEDIE A LA SOCIETE CHORALE DE SAINTE-CÉCILE DE NANCY

(Paroles demandees)

Ame du monde, o divine harmonie,
Preside a nos accents !
Regne sur nous, viens charmer notre vie,
Du haut des cieux descends !
Descends ! descends ! descends !

Art enchanteur, c est toi dont la puissance
A rapproche les peuples isoles ,
A tes accords, les pierres, en cadence,
Se detachaient des rochers ebranles,
Et les lions, fascines par tes charmes ,
Autour d'Orphee ecoutaient attendris ,
  Et les enfers, ce lieu des larmes ,
  Un jour par toi furent ravis

Le malheureux, oubliant sa misere,
A tes accents croit sourire au bonheur ,
Le caresssant de ton aile legere,
De son reduit tu chasses la douleur,
A ses regards l horizon s'illumine,
Ta douce voix le ravit dans les cieux
  Ton ascendant qui le domine
  De lui fait un mortel heureux

Temple sacre, quand ta voute resonne
De saints transports, de cantiques divins,
Que l'orgue chante, ou qu'il pleure, ou qu il tonne,
Qui n'est emu de tes pieux refrains ?
Tu nous transmets la note harmonieuse
De l'eternel et sublime Hosanna
  Qu'au ciel, d'une voix amoureuse,
  Le chœur des anges entonna

Tu reparais sur le champ de bataille
La, du guerrier tu redoubles l'ardeur,
Melant ta voix au bruit de la mitraille,
Tu lui dis « Marche, et tu seras vainqueur ' »
A ta fanfare, agitant sa criniere,
Le coursier vole, il hennit de plaisir,
  Et s'il roule sur la poussiere,
  Il rend un belliqueux soupir

Ici, le cœur plein d'une ardente ivresse,
Parmi Seville elle s'en va chantant,
La, de Lucie exprimant la tristesse,
Elle attendrit de son cri dechirant,
Puis, dans Venise, agitant la marotte,
Échevelee, elle eclate en lazzis,
  Partout elle exhale sa note
  Avec des pleurs, avec des ris

Tout sur un mode exalte la nature
La brise chante et l'aquilon mugit,
L'humble ruisseau redit son doux murmure,
D'hymnes joyeux l oiseau nous rejouit,
L'astre brillant, parcourant son orbite,
Module un chant d'une ineffable voix
        Qu'ici rien ne rend et n'imite
        Tout ce qui vit chante a la fois

O vous, enfants de la vieille Lorraine,
Chantez, chantez au sein de nos remparts,
Et que Nancy jadis la noble reine,
Le soit encore par son amour des arts'
Versez partout des torrents d'harmonie,
Que tout s'anime a vos joyeux concerts'
        Et que l'ame souffrante oublie
        Ses larmes, ses chagrins amers'

        Ame du monde, o divine harmonie,
            Preside a nos accents'
        Regne sur nous, viens charmer notre vie,
            Du haut des cieux descends'
            Descends' descends' descends!

LE CHANT DES JEUNES AVEUGLES.

La fleur eclot et l oiseau chante,
J entends son vol et sa chanson
Du fermier la main diligente
A trace le premier sillon
O nature, tu te reveilles
Avec ton radieux printemps,
Que ne puis-je voir tes merveilles
        Au moins quelques instants'

Soleil, on me dit que tu brilles
Chaque jour d'un nouvel eclat,
Et qu'a ton lever tu scintilles
De mille feux dans tout climat

Ah ! quand l'univers se colore
De tes rayons resplendissants,
Que ne puis-je admirer l'aurore,
    Au moins quelques instants !

Et vous dont la sollicitude
Sur nous veille la nuit, le jour,
Cœurs nobles, dont la seule etude
Est de nous entourer d'amour,
Lorsque j'entends votre langage,
Quand je reçois vos soins touchants,
Que ne puis-je voir votre image,
    Au moins quelques instants !

Qu'entends-je ? les airs retentissent
D'un son joyeux et solennel
Partout des voix chantent, benissent
Le nom sacre de l'Éternel !
C'est fête au ciel et sur la terre,
Partout des fleurs et de l'encens,
O Dieu ! donne-moi la lumiere,
    Au moins quelques instants !

Mais au milieu de ma disgrace
Que d'objets je puis percevoir !
Par l'esprit embrassant l'espace
Je vois comme dans un miroir
En moi regne et vit une flamme,
Source de mes ravissements,
J'admire et vois des yeux de l'ame,
    Oh ! les heureux instants !

Ciel etoile, superbe dôme,
Lieu d'un bonheur mysterieux,
Flambeaux du celeste royaume
Quand brillerez-vous a mes yeux ?
Ah ! j'en ai la douce esperance,
Un jour, de ces astres brillants
Je verrai la magnificence,
    O beau jour, je l'attends !

LE CHANT DE L'APPRENTI.

Le jour rayonne,
Volons a l'atelier !
Dieu nous ordonne
Le travail journalier,
Dieu benit le jeune ouvrier

A l'atelier je suis content;
Ce sejour a pour moi des charmes;
Souvent je travaille en chantant,
Mon pain n'est point mouille de larmes
Je vois le jour avec bonheur,
Et le soir n'a rien qui m'afflige,
On a toujours la joie au cœur
Lorsque le devoir nous dirige.

Le jour rayonne, etc

Le paresseux reçoit le pain
Que l'on accorde a sa misere,
Moi, pour tendre jamais la main
J'aurai toujours l'ame trop fiere.
Dans le travail je veux puiser
Un moyen plus noble et plus digne
De la ruche il faut repousser
Le frelon, ce voleur insigne.

Le jour rayonne, etc.

Un jour de nos constants efforts
Et de notre perséverance
Nous pourrons, sans aucun remords,
Gouter la douce recompense
Des cruelles necessites
Ne redoutant plus les atteintes,
Nous, les pauvres desherites,
Nous n'exhalerons plus de plaintes

Le jour rayonne, etc.

O vous qui pour notre avenir
Montrez tant de sollicitude,
Qui vous efforcez d'adoucir
De nos meres l'inquietude,
Le souvenir de vos bienfaits
Restera grave dans notre ame,
Les heureux que vous aurez faits
De vos jours benir ont la trame

Le jour rayonne, etc

SOIS INDULGENT.

Ton jeune cœur du chemin de la vie
Ignore encore les chagrins, la douleur,
Et sous la fleur que ta main a cueillie
Nait aussitot une nouvelle fleur.

Pour toi le ciel est toujours sans nuage,
Il resplendit et de pourpre et d'azur,
Pour toi toujours l'oiseau sous le feuillage
Redit un chant plus suave et plus pur

Va, mon enfant, va ; parcours ta carriere
Sans qu'une epine ensanglante ta main,
Sans que jamais l'illusion si chere
S'evanouisse et s'eteigne en ton sein

Mais a l'erreur si ton ame succombe
Des passions si tu ressens les coups,
Sois indulgent pour le faible qui tombe,
De pardonner il est toujours si doux'

Ah ' sois humain ' garde-toi de maudire
Le malheureux qui succombe a son tour,
Car s'il faillit, en ton cœur tu dois dire
Moi-meme aussi j'ai pu faillir un jour'

Sois aussi bon que le ciel qui pardonne
A ces ingrats blasphemant contre lui,
Si quelquefois sa foudre gronde et tonne,
Bientot sur eux son soleil a relui

LE CHANT DU SAPEUR-POMPIER,

DEDIE A LA COMPAGNIE DES SAPEURS - POMPIERS DE NANCY,

et à son Capitaine, M F PITOY

C'est le tocsin qui tonne ,
Allons, pompier, debout !
Car la flamme en colonne
Monte , devore tout
Laisse la ta famille ,
Quitte ton atelier ,
Vers le feu qui pétille ,
Cours, alerte pompier !

De ses travaux il se delasse a peine
La bise souffle , il gele , c'est la nuit
Obstacles vains !   Le devoir qui l'enchaine
Le voit debout de jour comme a minuit
Le jarret sur, la main ferme et nerveuse,
Au pas de charge il roule avec ardeur
Le char bruyant, l'echelle aventureuse
Qu'il va gravir sans trembler de frayeur

C'est le tocsin qui tonne, etc

De la maison le voila sur le faite ,
Mais sous ses pieds craque une poutre en feu
La hache en main , il coupe la retraite
A l'ennemi deja maitre du lieu.
Le voyez-vous dans l'ardente fournaise,
De tourbillons cerne de toutes parts ?
Comme un demon, il se sent tout a l'aise,
Comme un soldat, il brave les hasards !

C'est le tocsin qui tonne, etc

Pour apaiser la faim qui le harcele,
De sa demeure il reprend le chemin ,
Quand tout-à-coup le beffroi le rappelle
Allons, pompier, tu dineras demain !
Saisis l'echelle, escalade l'etage
Ou cet enfant t'appelle a son secours ,

Sauve un vieillard, victime de son age! ..
On est pompier pour s'exposer toujours.

C'est le tocsin qui tonne, etc

Plus de danger ! la flamme, a l'agonie,
Expire enfin   a toi le doux repos !
Mais le jour vient   les besoins de la vie
Vont t'appeler a de nouveaux travaux
Cœur devoue, petri de patience,
Homme de fer au danger le premier,
Sans interet, jouant son existence,
Voila, voila le vrai sapeur-pompier !

C'est le tocsin qui tonne,
Allons, pompier debout !
Car la flamme en colonne
Monte, devore tout
Laisse la ta famille,
Quitte ton atelier,
Vers le feu qui petille,
Cours, alerte pompier !

LE CHŒUR DES ENFANTS.

Exhalez vos concerts, faites naitre en nos ames
De sublimes transports,
Et que les seraphins, de leurs accents de flammes,
Soutiennent vos accords !

Que votre voix est pure,
Qu'elle est douce a nos cœurs !
Oui, notre ame s'epure
Quand, reunis en chœurs,
Essaim de jeunes anges,
Vous portez jusqu'aux cieux
Ces gracieux melanges
De sons melodieux

Exhalez vos concerts, faites naitre en nos ames
De sublimes transports,
Et que les seraphins, de leurs accents de flammes,
Soutiennent vos accords !

Oh! chantez a cet âge
Exempt de nous soucis,
Ou le bruit de l'orage.
Ne trouble point les ris,
Ou la nature est belle
Et le sommeil si doux,
Ou le jour n'etincelle,
Ne brille que pour vous!

Exhalez vos concerts; faites naître en nos ames
De sublimes transports,
Et que les seraphins, de leurs accents de flammes,
Soutiennent vos accords!

Troupe aimable et jolie,
Chantez, chantez toujours,
Enfants de l'harmonie
Embellissez nos jours!
Vos accents pleins de charmes
Seuls suspendent nos pleurs,
Et voilent nos alarmes
D'esperance et de fleurs

Exhalez vos concerts, faites naître en nos ames
De sublimes transports,
Et que les seraphins, de leurs accents de flammes,
Soutiennent vos accords!

Tant d'autres sur la terre,
Voyageurs gemissants,
Exhalent leur misere
En funebres accents!
Tant d'autres vous envient
Cet âge fortune
Ou les douleurs s'enfuient
Comme un sourire est ne!

Exhalez vos concerts, faites naître en nos ames
De sublimes transports,
Et que les seraphins, de leurs accents de flammes,
Soutiennent vos accords!

Que jamais la tristesse
N'approche vos berceaux,

Que de jours d'allegresse
Naissent des jours plus beaux !
Au milieu de vos fetes,
Ah ! puisse le destin
Ne semer sur vos tetes
Que les fleurs du matin !

Exhalez vos concerts, faites naitre en nos ames
De sublimes transports,
Et que les seraphins, de leurs accents de flammes,
Soutiennent vos accords !

LE CHANT DE L'INSTITUTEUR.

Dans ma modeste fonction
Je ressens un plaisir extreme,
Les tourments de l'ambition
Ne rendent jamais mon front bleme
Je ne cherche point un tresor
Dans le champ que mon bras defriche,
Car ce n'est point avec de l'or
Que l'homme de bonheur est riche

La paix du cœur, la dignite,
Oui, voila toute ma richesse,
Mais cette douce pauvrete
M assure une douce vieillesse
Pres de moi, de joyeux enfants,
Et femme douce, affectueuse,
Sous ma fenetre deux arpents, .
J ai reve cette vie heureuse

Tantot je remplis de ma voix
La sainte voute de l'eglise,
Tantot variant mes emplois
Je dresse un acte ou catechise
Mais ce qui m'offre plus d'attraits,
Ce sont les heures de la classe,
C'est la surtout que je me plais,
Et que le temps doucement passe

En classe je suis souverain ;
Mais souverain si debonnaire
Qu'a part quelque leger chagrin,
Tous me cherissent comme un pere
Je suis ferme , mais toujours bon ,
On rit plus souvent qu'on ne pleure
Quand on ne sait pas sa lecon ,
C'est qu on avait oublie l heure

Que j'aime a voir ces jeunes fronts
Tous attentifs a ma parole !
Ils ne cherchent point les buissons
Pour fuir les bancs de mon ecole
Je vois deja dans chacun d eux
Un homme, un citoyen utile,
Un sage, un soldat valeureux,
Un artiste , un prudent edile

Qui sait ? lorsque j aurai vieilli ,
Tous ces enfants que j'ai vus naitre
Rajeunni ont le front blanchi
De ce vieillard qui fut leur maitre
Je pourrai dire avec orgueil ,
Dans un de mes plus charmants reves,
Du tombeau je suis sur le seuil ,
Mais je suis fier de mes eleves !

Allons, dans ce rude sentier,
Freres, poursuivons notre tache !
Ne faut-il pas dans tout metier
Que l'on travaille sans relache ?
A l'œuvre donc ! et, sans flechir,
Exercons notre sacerdoce ,
La terre n'est pas le plaisir,
Ce n'est pas la qu'on se repose

Étranger aux tristes debats
Que souvent engendre l'envie,
Je menerai jusqu'au trepas
Cette laborieuse vie
Comme un marin inapercu
Qui contribue a la manœuvre,
Sans m inquieter qu'on l ait su,
Joyeux , j'acheverai mon œuvre

LE ZOUAVE.

Sous son costume oriental
Je vois s'avancer le zouave,
Son œil est vif et martial,
Sa demarche legere et grave

Jarret de fer et front bronze,
Peu soucieux de la mitraille,
Sur les dangers il est blase,
Et rit au fort de la bataille

Faut il gravir monts escarpes ?
Deja le voila sur la cime
Lorsque les ennemis trompes
Le croyaient plonge dans l abime

Toujours un air delibere,
Front haut et calotte en arriere,
Il va d'un pas accelere   .
Est-ce qu'il court a la frontiere ?

Au camp il est plein de gaite,
Et sa parole originale
Reveillerait l'hilarite
D un mort sous sa froide dalle

La bande ecoute le conteur ,
Mais dans les yeux de l'auditoire
On lit qu'il est un peu menteur,
Et l'on rit bien plus de l'histoire

L'esprit egal, le cœur content,
Rien ici bas ne l'importune ,
Pourvu qu'il aille combattant,
Il applaudit a sa fortune

Mais sous ce dehors stoicien,
Souvent se mouille sa paupiere,
Et lui, qui ne s'emeut de rien,
Pleure lorsqu'il pense a sa mere

Sous les muis de Sebastopol,
Sous les feux brulants de l'Afrique,
Il n'eut d autre lit que le sol
Et pour festin un pain rustique

Tu rappelles, homme d'aciei,
Ces vieux grognards de nos phalanges
Qui parcouraient le monde entier,
Chantant d'un heros les louanges

Mais on sonne la charge! Allons,
Zouave, au son de la trompette
Cours! jette-toi sur ces canons!
Bravo! charge a la baionnette!

Rien ne resiste a son elan
C'est la foudre, c'est le salpetre
S'echappant comme d'un volcan,
Et parlant du haut ton de maitre

Voyez, qu'il est beau sous le feu!
Il frappe, il renverse, il ecarte,
Pour lui le danger n'est qu'un jeu,
C'est un torrent sur une carte

A ce courage surhumain,
L'ennemi même rend hommage,
Et le vainqueur lui tend la main,
De son estime noble gage!

La paix surprend ce fier soldat
Au sein meme de la victoire,
Ah! puisse-t-il, veuf du combat,
Se consoler avec la gloire!

Nancy, impi de veuve A DARD, iue des Ponts, 4 bis